INVENTAIRE
D
71735

I0548642

LA PEUR

CONFÉRENCE

Donnée dans l'Eglise paroissiale de Charleville

PAR

M. l'Abbé J. GILLET

Curé-Archiprêtre de Charleville

LE JEUDI 23 MARS 1899

1899

CHARLEVILLE — IMPRIMERIE NOUVELLE
41, rue Forest, 41

LA PEUR

CONFÉRENCE donnée dans l'Eglise paroissiale de Charleville, par M. l'Abbé J. GILLET, Curé-Archiprêtre de Charleville, le Jeudi 23 Mars, 1899

BIBLIOTHÈQUE NATIONALE — R. F. — IMPRIMÉS

MES FRÈRES,

Je voudrais vous faire ce soir une conférence sur une question d'hygiène.

Dans notre région sévit une épidémie redoutable, dont les miasmes sont fort dangereux et très facilement assimilables. Pendant longtemps les médecins ont cru que ce n'était qu'une maladie de peau, une infirmité tout extérieure ; mais ils commencent à craindre que, si cette maladie persévère, elle ne devienne constitutionnelle et n'attaque les organes mêmes de la vie.

Cette épidémie, mes frères, c'est la **PEUR**.

Je demande pardon à ces Messieurs de le dire en présence de ces Dames, mais cette maladie s'attaque surtout aux hommes. J'ajoute toutefois que ceux qui sont ici forment une glorieuse exception à cette règle trop générale. La preuve qu'ils sont peu ou point malades, c'est qu'ils sont ici.

La Peur ! Quoi de plus contraire en apparence à notre tempérament national ? Il semble qu'en France il soit très naturel d'affirmer son opinion avec netteté et franchise, d'avoir dans son allure une certaine crânerie, une parfaite indépendance à montrer ce que l'on veut être. Et cependant, que la peur paralyse les forces vives d'une grande partie de la nation, c'est là un fait indéniable.

Afin de vous le faire mieux toucher du doigt, je vais vous soumettre une proposition que personne ici ne contredira. Je suppose que, par impossible, demain matin, on transfère à Paris toute la population de Charleville, et qu'on la noie dans la population parisienne. A partir de dimanche prochain, l'assistance à la Messe, de la part de ces habitants de Charleville, sera doublée, et le nombre des communions pascales sera triplé. Pourquoi cela ? Parcequ'à Paris, personne ne se connaît ; on n'a pas peur les uns des autres. Je fais la contre épreuve, et je transporte en province quelques Parisiens, chrétiens pratiquants dans la capitale. Au bout de peu de temps ils contractent l'épidémie dont je parle, et ne remplissent plus leurs devoirs religieux.

Cette maladie de la peur offre différents aspects. On tremble dans sa *conduite personnelle*. On tremble par *crainte du zèle du clergé*. On tremble devant *les mauvais journaux*.

I

L'un déclare qu'il est chrétien au fond du cœur, mais que, par le temps actuel, il ne veut pas *manifester*. Manifester, dans son langage, c'est tout simplement aller à la Messe les jours de Dimanches et de Fêtes d'obligation. Aussi il n'y va plus. L'autre ose encore y aller; mais au prix de quels détours et de quelles cachotteries pour se rendre de chez lui à l'église ! Arrivé là, il n'y a pas de dessous d'orgues assez obscur, de coin assez retiré, de pilier assez épais pour voiler sa présence. Et, chose étrange ! Tandis que lui, Pierre, se cache derrière la colonne de droite pour échapper aux regards de Paul, Paul cherche à se dérober aux regards de Pierre, juste en face, derrière la colonne de gauche. Tous deux, sans motif, et par peur, violent habituellement la loi de l'abstinence.

Celui-ci craint pour sa position, pour celle de son frère ou de son père ; il sacrifie à la peur ce qu'un père de famille a de plus cher, et ce pour quoi il devrait garder sa plus complète indépendance, l'âme et le cœur de son enfant. Il lui fait donner, contre son gré, une éducation peu morale et absolument athée. Celui-là a des craintes plus éloignées mais qui le conduisent au même résultat. Son frère a épousé la belle-sœur de la cousine de la marraine d'un fonctionnaire de Carpentras ; et, pour ne pas nuire à cet allié assez éloigné, il ne va plus à l'église et se tient en dehors de toutes les œuvres chrétiennes.

Le premier adore encore le Crucifix dans le secret de sa maison. Mais, par peur, il ne se découvre pas dans la rue devant la croix qui précède un cortège funèbre, et qui seule donne du prix à la dépouille qui suit et la couvre de respect. Bien plus, arrivé au seuil de l'église, il s'associe à cette désertion humiliante qui fait le deshonneur d'une cité, le scandale des étrangers, la douleur poignante des familles en deuil ; il abandonne le corps du défunt laissé à peu près seul au pied de l'autel, pendant qu'il s'en va boire dans une auberge voisine, en attendant la fin de l'office funèbre.

Le second conserve la foi au fond du cœur. Il veut recevoir le pardon de Dieu et les sacrements de l'Eglise avant de mourir. Mais il exige que l'on attende les ombres de la nuit pour faire venir le prêtre. Et après une confession faite d'un air inquiet, les yeux fixés sur les rideaux pour s'assurer qu'ils sont bien fermés, il recommande instamment à M. l'abbé de lui apporter la sainte communion par un couloir et un escalier dérobés, et de fermer si bien son vêtement que nul ne puisse soupçonner qu'il apporte le viatique. Et ce moribond sent qu'il va paraître devant Dieu, devant Jésus-Christ, lequel a déclaré que l'on ne pourrait faire mentir aucune de ses paroles, *qu'il rougirait, au jugement, devant son Père, de ceux qui auraient rougi de lui devant les hommes ; et qu'il ne reconnaîtrait comme siens devant son Père que ceux qui l'auraient sans crainte confessé devant les hommes !* (1) Il faut avouer, mes frères, que la miséricorde du bon Dieu devra mettre une singulière sourdine à ces déclarations solennelles pour pouvoir sauver ces malheureux.

Vous parlerai-je d'autres procédés non moins humiliants ? Vous citerai-je ces chrétiens qui se dérobent à toutes les œuvres catholiques, sous des prétextes absolument injurieux à leur foi et à la gloire de Dieu, et qui, par une lâche condescendance, portent leur concours aux œuvres maçonniques et athées, organisées pour la destruction de l'esprit chrétien ? Vous décrirai-je ces catholiques anémiés qui font des coupures dans la liste de leurs visites, et craignent de s'arrêter à la porte de leurs amis suspects de sentiments chrétiens ; ces trembleurs qui saluent encore un prêtre de leur connaissance dans une ruelle détournée et solitaire ; mais qui, le rencontrant en plein jour dans une avenue fréquentée, sont pris subitement d'un éternuement très opportun qui les oblige à détourner la tête ; ou bien s'aperçoivent qu'ils ont oublié leur porte-monnaie et rebroussent chemin pour se soustraire à cette dangereuse rencontre ?

Mes frères, où allons-nous avec de pareilles misères ? Quel aplatissement, quel avilissement de la nature et du caractère de l'homme ! Quelle recherche honteuse de la servitude ! Un écrivain antique fait dire à un chef barbare que l'audace des Romains oppresseurs n'est faite que de la lâcheté de ceux qui se précipitent sous leurs pieds, et que la fierté insolente du vainqueur ré-

---

(1) Luc. CXII, v. 8 et CIX, v. 26.

sulte de l'abandon volontaire et des concessions du vaincu. A combien de caractéres déprimés et de situations de notre temps conviendraient ces paroles. Reprenons-nous, nous-mêmes, mes frères, et soyons hommes. On respectera notre liberté et l'on nous respectera nous-mêmes davantage, le jour où l'on sentira que nous sommes bien résolus à jouir de l'indépendance et des droits qui nous appartiennent.

II

Une autre forme de la peur c'est de *craindre le zèle et les imprudences du Clergé.*

Sans doute il faut de la prudence ; le courage aveugle ne suffit pas à la défense de la vérité. Mais la prudence n'est pas la désertion. Or, il ne manque pas de catholiques qui souhaitent à la tête du troupeau du Christ des chiens muets, des pasteurs qui laissent paisiblement dévorer les brebis par les loups. Rien ne leur déplaît davantage que d'avoir un clergé capable du sentiment de l'honneur et de la défense du drapeau. Il leur faudrait un sacerdoce avili et silencieux qui laissât passer, sans protestations et sans efforts pratiques pour les neutraliser, les élections sectaires, les lois impies, les décrets persécuteurs de la foi et de la liberté religieuse.

Ils voudraient voir garder, sur toutes choses, un silence bien prudent. N'ai-je pas entendu des catholiques venir me prier de ne parler à l'église de sujets intéressants que les jours où il n'y aurait personne ? Je leur ai répondu que j'avais les chaises de mon appartement pour me procurer cet exercice-là.

D'autres s'en vont répétant que le prêtre doit rester dans l'ombre du sanctuaire, environné de nuages d'encens et de l'idéal mystérieux des cérémonies saintes, les lèvres muettes, les yeux pieusement baissés sur le livre de prière. Et tandis que partout les adversaires, sous l'astucieux prétexte de faire de la politique, ne font en définitive que de la persécution religieuse, en envahissant un terrain qui n'a rien de commun avec la politique, voici que des catholiques aveugles et trembleurs s'indignent que leurs prêtres fassent exclusivement de la défense religieuse, sous prétexte qu'ils ne doivent pas faire de politique.

Assurément le prêtre doit se recueillir et prier, et il ne le fera jamais trop bien. Mais aussi il doit agir ouvertement et extérieurement pour défendre les droits de Dieu, de la sainte Eglise et des âmes. Si le Sauveur Jésus était resté jusqu'au bout de sa carrière dans la complète obscurité et le silence, nous n'aurions pas l'Evangile. Mais il sort, il apparaît sur les places publiques, dans les synagogues, dans le temple, dans les villes et les bourgades. Il entreprend une prédication à ciel ouvert, sous la forme la plus mouvementée, la plus courageuse qui fût jamais. Il va droit à ses ennemis, il les provoque à la contradiction ; il répond à leurs objections dans des dialogues pleins de vie. Témoin cette scène du désert où, au milieu des contradictions et des murmures, il expose, dans sa divine clarté, le dogme de la présence réelle de son corps dans l'Eucharistie. Témoin ce dialogue solennel où s'entrecroisèrent entre le Sauveur et ses ennemis les avertissements et les menaces, et qui se termine par ce trait de colère des Juifs ramassant des pierres pour les jeter à la face du divin Maître. Oui, à l'heure voulue, il y eut les scènes du silence, de l'anéantissement et du complet sacrifice. Mais à côté, subsistent les preuves du zèle courageux et militant pour la gloire de Dieu et le salut des âmes.

Est-il besoin d'ajouter que, si Jésus-Christ avait voulu toujours pour lui-même la quiétude d'un ministère sans lutte et sans efforts, s'il n'avait jamais voulu compromettre la dignité de sa personne, il ne serait pas sorti dans les rues de Jérusalem la croix sur les épaules, au milieu des huées et des malédictions du peuple ; il ne serait pas monté sur le Calvaire, et nul d'entre nous ne serait sauvé.

Je me hâte d'ajouter que si le Sauveur a accepté une fois ces humiliations pour nous sauver, ce n'est pas une raison pour que nous les lui imposions à travers tous les siècles, pour que nous rêvions d'un Christ perpétuellement souffleté dans la servitude imposée à son Eglise. Mais c'est au contraire, parce qu'il s'est ainsi anéanti une fois, que nous devons le vouloir libre et triomphant dans la société, et pour y parvenir c'est à chacun de nous à monter personnellement son Calvaire pour n'y pas laisser le Christ.

Et les Apôtres, comment ont-ils compris leur mission ? Voyez saint Paul. Il saisit son auditoire partout où il le rencontre. Il prêche, persuade, convertit la société par tous les moyens ; dans les demeures privées, dans les écoles, dans les synagogues, dans l'aréopage d'Athènes, sur les marches du temple, au sein des foules et des émeutes les plus houleuses. Il se fait traduire devant les tribunaux des préteurs, des rois, de César lui-même ; partout il explique et établit la doctrine du Christ. Sous les verges, dans les prisons, dans les naufrages, dans les supplices, il se sert de tous les moyens pour annoncer le Christ, le défendre, sauver les âmes et délivrer le monde. Saint Paul, voilà le grand modèle de la prudence jointe au zèle dans la prédication de l'Evangile. Quand nous en aurons fait autant que lui, les fidèles pourront venir nous prier de n'en pas faire davantage.

On a dit que si saint Paul avait vécu de notre temps, il aurait saisi avec empressement et fait tourner activement au service de la vérité l'instrument qui domine, dirige et souvent crée l'opinion, je veux dire la presse. On a dit que saint Paul, parmi nous, se serait certainement fait journaliste. Pour ma part, je le soupçone d'avoir été capable de commettre même cette témérité, au risque de scandaliser quelques âmes paisiblement pieuses, de faire filtrer un rayon de vérité à travers les ténèbres d'un mauvais journal.

III

Je viens de nommer un troisième objet de la peur : le **Journal.**

Par peur, on fait tout, on abandonne tout, pour ne pas être attaqué par un mauvais journal.

Par peur, on reçoit et on lit le mauvais journal.

Par peur, on refuse de lutter contre le mauvais journal et de lui substituer de bons journaux.

D'abord on redoute, comme un souverain mal, d'être cité, attaqué par un journal hostile. Mes frères, les chrétiens des premiers âges acceptaient comme un vrai bonheur d'être, pour l'amour de Dieu, étendus sur un horrible instrument de supplice qui s'appelait le chevalet. Croyez-moi ; il est infiniment moins douloureux d'être étendu dans les colonnes d'un journal, et plus ou moins lourdement et sottement fustigé par ses rédacteurs.

On reçoit et on lit le mauvais journal, par peur d'abord, puis avec complaisance et plaisir. Mais cette réception et cette lecture quotidiennes détruisent bien vite la foi et la vie chrétienne. J'en tire la preuve de la *nature du journal, et de l'état d'esprit de ceux qui le lisent.*

La nature du journal est celle-ci. Régional ou local, il est l'organe de la Franc-Maçonnerie et de la Libre Pensée. Au rez-de-chaussée s'étale un roman libre ou plutôt licencieux, destiné à corrompre les lecteurs et surtout les lectrices. Or vous savez combien rapidement la ruine des mœurs conduit à la perte de la foi. En tête du journal figure un article, généralement pré-

paré par une agence maçonnique pour tous les journaux du même genre, et dans lequel, à jet continu, on
déverse le mépris, le blasphème, la calomnie et la haine
sur toutes les croyances chrétiennes ; sur l'immortalité
de l'âme, le Purgatoire, la prière pour les morts, le
Baptême, la Confession, l'Eucharistie, la Sainte Vierge,
l'Eglise et ses institutions, la Papauté, l'Episcopat, les
Sacrements, etc, etc. La Rédaction du journal s'est
cantonnée dans le mensonge. Il est convenu que l'on
doit mentir, toujours mentir, et *mentir avec une telle*
audace que le public encore assez honnête ne puisse pas
croire à la possibilité de si nombreuses supercheries.
Le journal cite des faits : ils sont absolument controu-
vés ; des dates : elles sont fausses ; des notions et des
définitions : elles sont radicalement erronées. Que
dis-je ? Il cite des textes, de longs textes parfois. Mais
ces textes, sans indication de sources, sont audacieu-
sement mutilés, tronqués, altérés.

Dernièrement, je lisais dans les colonnes de pareil
journal une assez longue citation de Bossuet. Vraiment,
je crois posséder suffisamment mon Bossuet. Mais en
lisant la citation faite avec un tel aplomb, avec guil-
lemets et contre-guillemets, je fus un instant moi-même
dupe de la fraude et je commençais à plaindre Bossuet
d'avoir écrit de pareilles énormités. Cependant je me
repris, et je m'avisai d'aller chercher dans ma bibliothèque le texte pour le confronter avec *la citation.* Or
Bossuet dit diamétralement le contraire de ce que lui
fait dire le rédacteur du journal.

On peut assurément différer d'avis avec Bossuet. On
peut critiquer ses opinions politiques et théologiques.
Mais vous avouerez qu'on est un abominable falsifica-
teur, et un méprisable menteur, quand, pour dénigrer ce
grand homme, on altère volontairement le texte de ses
écrits. Telle est, mes frères, la colossale improbité qui
fait le fonds de ces journaux.

Entre l'article de tête et le roman en queue du journal se trouvent échelonnés quelques nouvelles triées sur le volet, mais uniquement ou surtout de celles qui peuvent aviver les haines et les divisions ou offrir le prétexte de quelque injure contre la Religion.

Vous peindrai-je maintenant l'*état d'esprit* et de cœur de lecteurs qui se nourrissent de pareilles productions ?

Par le fait même qu'ils les lisent habituellement, ils ne sont certainement plus ni catholiques, ni chrétiens. Une simple comparaison vous le fera facilement comprendre.

Vous êtes, je suppose, un très bon fils ; ou, du moins, vous vous croyez tel. Chaque jour, à peu près, vous allez saluer vos vieux parents qui habitent la même localité. Chaque dimanche, vous allez vous asseoir à leur table et vous leur prodiguez des témoignages d'apparente affection. Mais voici qu'en même temps, chaque matin, vous laissez déposer sur votre table une caricature qui ridiculise votre père, un pamphlet qui tend à le déshonorer lui et toute la famille, un écrit ou une chanson qui calomnie grossièrement et outrage votre mère. Vous vous faites remettre chaque matin ces papiers, vous vous empressez d'en prendre connaissance, vous les lisez avec curiosité, plaisir et intérêt. Or voici qu'un jour votre père est informé de votre façon d'agir ; il vous le reproche avec véhémence comme un démenti absolu à vos témoignages de piété filiale.

— Mais, père, lui répondez-vous avec un ton de naïve candeur, c'est vrai que je le lis tous les matins ce pamphlet contre vous, je le lis avec plaisir ; et j'avoue même que je ne saurais pas m'en passer. Mais soyez tranquille, j'en prends et j'en laisse ; cela ne me fait pas d'impression. Puis, cette feuille de caricature quotidienne de notre famille me rend le service de m'insérer quelques annonces commerciales pour ma maison. Enfin elle m'apporte chaque jour des nouvelles locales, des récits de lapins volés, de scandales affriolants. Peut-on se passer de tout cela ? —

Comment, mon fils, répliquerait le vieillard avec une suprême indignation, comment tes mains peuvent elles subir seulement le contact d'objets aussi répugnants ? Tu prétends nous aimer, et ton cœur ne bondit pas en voyant pénétrer dans ta maison de pareilles infamies ! Tu les souffres, tu les lis, tu les laisses lire à nos petits enfants. Mais, vois donc ; c'est ton père, c'est ta mère, ce sont tes frères et sœurs que l'on traite quotidiennement de malfaiteurs, d'exploiteurs, de gens avilis, dangereux, cruels, ineptes et dépravés. Et tu peux toucher ce papier et supporter cette lecture ! Et tu croirais prétendre que la pitié filiale n'est pas morte dans ton cœur par le fait seul d'une pareille acceptation ! Porte tes annonces commerciales à d'autres ; laisse là tes histoires de scandales et de lapins volés, et ne te nourris pas à ce prix de dégoût, de défiance et de haine contre tes vieux parents et contre ta famille.

Ce langage, mes frères, est exactement celui que la raison et la Religion peuvent vous tenir relativement à la lecture des journaux dont je parle.

Vous prétendez être chrétiens et vous supportez la lecture, la présence dans votre maison de ces blasphèmes quotidiens, de ces calomnies, de ces grossières injures contre les objets qui doivent être les plus chers à votre cœur. Vous n'avez pas tressailli en lisant tel ou tel de ces articles, et vous n'avez pas renvoyé avec mépris la feuille à son auteur, vous promettant de ne plus la toucher même du bout du pied ! Mais je vous dis que dans ce cas, mon cher frère, vous n'êtes plus un catholique, vous n'êtes plus un chrétien. Vous suivez peut être une certaine routine inconsciente dans la pratique religieuse ; mais vous n'avez plus la vraie foi, celle qui éclaire, qui console et qui sauve. Vous n'avez plus dans l'esprit et dans le cœur qu'un mélange incohérent d'appréciations maçonniques et de réminiscences chrétiennes. Vous êtes complètement hors de la voie de la vérité et du salut.

Mais, me dites vous, j'en prends et j'en laisse. Le journal ne me fait pas de mauvaise impression. Puis combien le lisent et qui cependant vont à la Messe, se confessent et font leurs Pâques !

Vous en prenez et vous en laissez, mon cher frère ? Assurément vous ne prenez pas tout. Car si vous preniez tout ce qui se dit dans de pareilles feuilles, et si vous étiez conséquent et logique, vous dévriez saidre la torche et la pique pour détruire tout cet édifice religieux qui vous est présenté comme le foyer de tous les maux et de toutes les menaces pour la société.

Mais, sans vous en douter, vous en prenez plus que vous n'en laissez, et la preuve en est dans les appréciations absolument fausses et ridicules que vous faites souvent des questions religieuses, et dans votre sourde antipathie pour les choses les plus excellentes de la Foi.

Le journal ne vous fait pas de mauvaise impression ? Mais il m'en ferait à moi si je le lisais quotidiennement. Il tuerait certainement la fleur de mon respect et de mon dévouement pour Dieu ou pour la sainte Eglise. Il m'inspirerait quelques nausées pour les choses les plus respectables.

Le journal ne vous fait pas de mauvaise impression ? Mais Bossuet obligé par devoir à lire les livres des hérétiques afin de les réfuter, ne voulait jamais se livrer à ce travail sans s'être muni du secours d'une fervente et assez longue prière. Saint François de Sales ne voulait en prendre connaissance qu'après avoir célébré la Sainte Messe et récité pieusement l'office divin. Vous n'avez, mon cher frère, ni l'instruction religieuse de Bossuet ni celle de Saint François de Sales. Je doute très fort que vous fassiez précéder vos lectures des précautions morales qu'ils employaient pour eux mêmes. D'ailleurs, comme ces lectures étaient pour eux un devoir professionnel et pour vous une satisfaction coupable, vous n'avez à attendre aucune grâce préservatrice en vous y livrant, Laissez-moi donc la conviction que la lecture de ce journal vous fait une impression mauvaise, très mauvaise.

Combien, me dites-vous encore, qui lisent ce journal, mais qui cependant vont à la Messe, se confessent et font leurs Pâques.

Ils vont encore à la Messe, c'est possible, mais dans quelles dispositions y vont-ils ? Ils y portent, avec une indifférence croissante, cette tendance au persifflage des choses saintes qu'ils ont puisée dans leur journal. Ils y vont non plus en enfants dociles de Dieu et de son Église, mais en esprits défiants et prévenus, avides de saisir les paroles de leurs prêtres pour les dénaturer et les reporter à l'ennemi.

Ils se confessent malheureusement hélas ! Mais quelles confessions que celles de ces lecteurs de journaux irréligieux ? Dans leurs personnes, on sent au saint tribunal des cœurs soupçonneux et fermés, remplis de répugnances pour le sacrement divin dont ils usent encore par une sorte de routine. Surtout, ils omettent volontairement de vomir le poison qui détruit leur vie chrétienne, d'avouer et de regretter le crime qui tue leur âme, les mauvaises lectures. Ils reçoivent l'absolution, mais cette absolution est nulle et sacrilège, et ils s'éloignent plus coupables devant Dieu qu'ils ne sont venus. *Un prêtre peut être trompé, abusé, peu éclairé. Mais il n'y a ni prêtre, ni évêque, ni pape, qui puisse donner une absolution valide et ratifiée par Dieu à un pénitent non repentant, et résolu à persévérer dans des lectures contraires à la foi et à la morale chrétiennes.* Il n'y aurait d'exception que pour des cas très rares où des devoirs professionnels l'exigeraient, et alors il faudrait prendre l'avis d'un directeur de conscience sage et instruit. Saint Paul lui-même n'acceptait à la pénitence les Ephésiens qu'après qu'ils avaient brûlé devant lui leurs mauvais livres et promis de n'en plus user.

Après cette confession sacrilège, le lecteur du mauvais journal va à la Table Sainte. Le malheureux ! Peut-être la veille au soir, ou le matin même, il a lu dans son journal un article écœurant sur l'adorable Eucharistie, sur la Confession, sur le Crucifix, sur la très Sainte Vierge. Et l'esprit et le cœur hantés de ces impurs fantômes, il s'approche de son Dieu. Et ses mains ne tremblent pas en prenant la nappe de communion ! Il lève la tête, et donne à Jésus, son sauveur, le baiser de Judas, et il retourne à ses lectures sacrilèges !... Ah ! mes frères, disait saint Paul aux fidèles de Corinthe en leur parlant de certains abus analogues de la sainte Eucharistie, voilà pourquoi il y en a tant parmi vous qui sont infirmes et profondément endormis. *Ideo multi imbecilles et dormiunt multi.* C'est pour cela qu'il y a parmi les catholiques de nos jours tant de lâchetés, tant de désertions et de si humiliantes défaites.

C'est par suite de la lecture du mauvais journal que beaucoup de ceux qui se croient encore catholiques sont toujours du côté des adversaires pour blâmer les efforts religieux et les œuvres chrétiennes, leur refusant leurs concours ; et tout en ayant l'air de gémir, font toujours, en définitive, les affaires de l'impiété et de la franc-maçonnerie. Retenez bien cette proposition : *Tous ceux qui reçoivent et lisent un mauvais journal, sont* **tous**, *à des degrés divers, je le veux bien, mais très réellement et sur plusieurs points, les ennemis de la Religion et de l'Eglise.*

Aussi un éminent écrivain, le cardinal Pie, mort évêque de Poitiers, écrivait-il avec raison que la population la plus religieuse et la plus chrétienne perdrait inévitablement et bien vite la foi et les pratiques religieuses si elle lisait quotidiennement un mauvais journal (1).

---

(1) « Il est au milieu de nous, dans nos villes et dans nos

Par conséquent, mes frères, fuyons, fuyons avec horreur ce poison mortel, cet élément destructeur de

« bourgades, un assez grand nombres d'hommes qui se flattent
« d'appartenir au parti de la modération, et qui ont le tort
« insigne de prêter chaque jour de nouvelles forces au monstre
« qui les dévorera. L'expérience leur avait apporté de cruelles
« leçons ; mais qui se souvient des leçons de l'expérience ?
« Sachez-le donc bien, mon frère ; cette feuille quotidienne ou
« périodique qui affiche l'outrage et le blasphème envers la
« première majesté, qui attaque incessamment l'Eglise, ses
« institutions, ses ministres, et qui ébranle par là même le
« fondement de la société civile et le rempart des intérêts ma-
« tériels, n'ira pas impunément, chaque matin ou chaque
« semaine, se poser sur votre table, sous vos yeux et sous les
« yeux de vos serviteurs. Sans faire injure à votre intelligence,
« j'oserai vous dire que, sur beaucoup de points, elle n'est pas
« à l'épreuve des sophismes les plus grossiers Toutes les fois
« qu'il ne s'agit pas de la conservation immédiate de votre
« fortune, de votre influence, de votre bien être, je vous trouve
« encore imbu de tant de préjugés, accessible à tant de men-
« songes, que je dois trembler en vous voyant aux prises avec
« un discoureur qui n'est pas sans habileté jusque dans ses
« emportements. La vérité est qu'il réussit à faire accepter de
« votre esprit ces principes-là même dont votre volonté
« repousse énergiquement les conséquences. Croyez-moi, la
« présence assidue de ce mauvais génie ne vaut rien, ni auprès
« de vous, ni auprès des vôtres. Cette fréquentation funeste
« pervertit la rectitude de votre jugement ; et de plus, elle fait
« sous votre toit les affaires du parti du désordre qui, au jour
« décisif, est toujours assuré de rencontrer quelques auxiliaires
« dans toute maison où il a trouvé en temps de paix, des
« complaisants et des dupes.
« Plaise à Dieu que ces conseils soient entendus de ceux à
« qui nous les adressons, et qu'ils contribuent à suspendre la
« marche, chaque jour plus effrayante, de cette démoralisation
« sociale dont les progrès ne s'expliquent que trop pour qui-
« conque est témoin de la scandaleuse connivence de ceux qui
« auraient le plus intérêt à la prévenir ! En vérité, certains
« hommes semblent avoir juré de ressembler jusqu'à la fin à
« ces enfants incorrigibles qui s'obstinent à jouer avec le feu,
« persuadés qu'il sera toujours temps d'en arrêter les ravages,
« et qu'on voit ensuite fondre en pleurs et se désespérer en
« présence de l'incendie qu'ils ont bien pu allumer, mais
« qu'ils ne peuvent éteindre. »

(Mgr Pie. *Instruction synodale*. Edition
Oudin 1878, tom III, p. 345.

notre constitution morale et chrétienne, le journal irréligieux, détournez vos connaissances et vos amis de cette source corruptrice. Faisons mieux, donnons largement, généreusement notre concours et notre argent pour la conservation, la diffusion ou la création de bons journaux, honnêtes, respectueux des croyances, instruits de la vérité et capables de la bien défendre. Ainsi vous défendrez la gloire de Dieu, vous travaillerez efficacement au salut de la société et au salut de vos frères.

Mes frères, j'ai sans doute ici prêché des convertis. Vous tous qui êtes présents ne doutez pas de ces importantes vérités. Mais vous vous ferez l'écho de ma parole et de ces enseignements auprès de beaucoup d'autres qui ont besoin de les connaître.

Votre assistance si nombreuse et si recueillie à ces soirées de Carême me touche et m'édifie ; je prie Dieu de vous en tenir compte et de vous en récompenser largement.

Partout, faites vous, contre la peur, tenants résolus de Jésus-Christ. Vous surtout, Messieurs, sachez vous grouper nombreux, ces jours-ci, autour de la Chaire ; et le matin du jour de Pâques, à cette Communion des hommes toujours si admirable. Soyez nombreux aux grands offices de la Paroisse, aux fêtes solennelles ; suivez le Saint Sacrement aux processions, un cierge à la main. Tout cela tue la peur, Messieurs, et vous rend votre dignité humaine. Puis, ayez confiance ; vous êtes en bonne compagnie. De bien des côtés, l'élite des cœurs généreux, des intelligences cultivées et distinguées revient à Dieu. Servez ce Dieu courageusement ; vous serez avec l'élite sur la terre et avec l'élite au Ciel. — Ainsi soit-il.

Charleville (Ardennes) — Imp. Nouvelle, 41, rue Forest.

www.ingramcontent.com/pod-product-compliance
Lightning Source LLC
Chambersburg PA
CBHW061528170626
46811CB00004B/1889